LUCIANA SAVAGET

O AMOR DE VIRGULINO,

ARTE
MIADAIRA

Copyright © 2002 do texto: Luciana Savaget
Copyright © 2002 das ilustrações: Miadaira
Copyright © 2015 da edição: Editora DCL – Difusão Cultural do Livro

DIRETOR EDITORIAL:	Raul Maia Jr.
EDITORA EXECUTIVA:	Otacília de Freitas
EDITOR DE LITERATURA:	Vitor Maia
ASSISTENTE EDITORIAL:	Gustavo Pavani F. da Hora Pétula Ventura Lemos
PREPARAÇÃO DE TEXTO:	Andrea Vidal
REVISÃO:	Gislene P. Rodrigues de Oliveira Daniela Padilha
ILUSTRAÇÕES:	Miadaira
CAPA E PROJETO GRÁFICO:	Miadaira
DIAGRAMAÇÃO:	Vinicius Rossignol Felipe

**Texto em conformidade com as novas regras
ortográficas do Acordo da Língua Portuguesa**

Dados Internacionais de Catalogação na Publicação (CIP)

Savaget, Luciana
    O amor de Virgulino, Lampião / Luciana Savaget ;
ilustrações Gilberto Miadaira. — São Paulo : DCL, 2015.

    ISBN 978-85-368-2174-0

    1. Literatura infantojuvenil I. Miadaira, Gilberto.
II. Título.

CDD – 028.5

Índices para catálogo sistemático:

1. Literatura infantil   028.5
2. Literatura infantojuvenil   028.5

2ª edição • junho • 2015

Editora DCL
Av. Marquês de São Vicente, 446 – 18º andar – CJ. 1808 – Barra Funda
CEP 01139-000 – São Paulo – SP
Tel.: (0xx11) 3932-5222
www.editoradcl.com.br

*Ao brasileiro do sertão que,
na miséria mais seca,
consegue sonhar.*

De vez em quando, me olho no espelho e começo a me examinar: o formato dos olhos, o contorno dos lábios, a curva das pálpebras, as linhas do rosto. Fico imaginando minha ascendência. De quem herdei esses traços? Meu pai era nordestino, a minha mãe, carioca, e eu nasci assim: morena, de cabelo liso. O sangue que corre dentro de mim vem lá do alto, da pontinha do Brasil, e é cheio de misturas boas: índio, negro, português e até francês.

Vó Leonor costumava dizer que quem tem sangue nordestino podia ser parente de uma personagem do folclore brasileiro que existiu de verdade. Todos a conheciam pelo

apelido: Lampião. Imagine! Só de dizer esse nome, eu me arrepio de medo. Mas será que, além da aparência física, a gente também herda as marcas da personalidade? Pensando nisso, resolvi recontar a história desse cabra da peste, que, afinal, pode ter sido um primo distante!

Como grande parte das lendas tende a tornar-se maior que os fatos, a vida desse cangaceiro – nome dado aos fora da lei naquelas bandas do Sertão brasileiro, povoadas de gente pobre, mas valente – acabou confundindo ficção e realidade, com todos os elementos de um romance: paixão, violência, sofrimento, aventura e muito suspense.

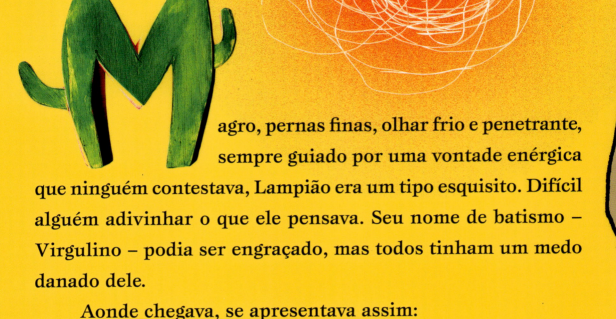

Magro, pernas finas, olhar frio e penetrante, sempre guiado por uma vontade enérgica que ninguém contestava, Lampião era um tipo esquisito. Difícil alguém adivinhar o que ele pensava. Seu nome de batismo – Virgulino – podia ser engraçado, mas todos tinham um medo danado dele.

Aonde chegava, se apresentava assim:

"Eu me chamo Virgulino
   Ferreira, Lampião.
   Manso como um cordeiro,
   brabo como um leão.
   Trago o mundo em rebuliço.
   Minha vida é um trovão".

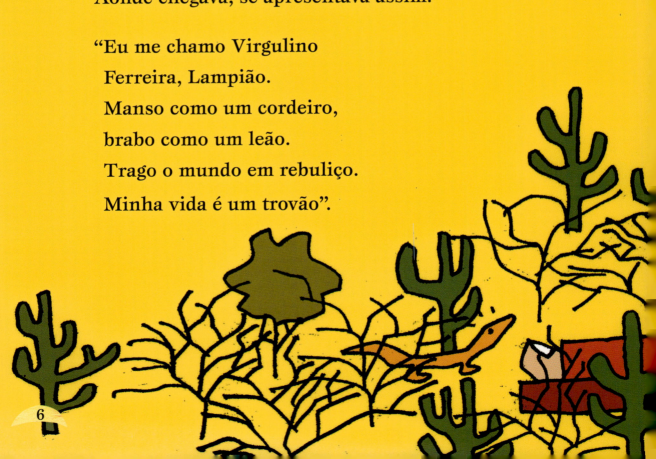

Ele entrou para os livros ao mesmo tempo como bandido e herói. Tinha fama de roubar dos outros a bolsa e a vida. E essa maneira de viver, espalhando o pânico pela terra árida, no meio de uma gente cheia de necessidades, ganhou uma denominação especial: cangaço. Lampião nasceu bem antes de mim '(lá por volta de 1897 ou 1898, ninguém sabe com certeza), num tempo em que no Nordeste nem se pensava em estrada asfaltada.

9

Era uma figura diferente, estranha, mesmo entre os cabras da peste de seu bando. Apesar de cego do olho direito e de nunca dispensar os óculos redondos, não havia quem o igualasse na pontaria do seu fuzil ou do parabélum, sempre carregados. Na cintura, dois punhais de dois palmos, para sangrar o inimigo, e, no peito, dois cintos de balas cruzados, para enfrentar os "macacos", conforme zombava dos soldados que o perseguiam no agreste. Um anel em cada dedo, calçava sandálias ou alparcatas, perneiras e gibão de couro. Enfeitava o chapéu de abas viradas com espelhos em forma de estrelas. Não escolhia tempo bom ou ruim para fazer o diabo na Terra do Sol. Até hoje, sua história causa calafrios em quem mora para aqueles lados desse Brasil sem fim. Corre por aqueles cantos que ele tinha no corpo o feitiço de ser invencível. O povo dizia que ele era mandingueiro, bruxo, endemoniado.

Sua fama começou aos 24 anos, quando o cabra, que não se importava com a morte, foi parar num lugarejo difícil de achar no mapa, no meião de Alagoas, chamado Pariconha. Lá, ele e seu bando mataram por matar um jovem cego de apenas 15 anos e promoveram roubalheiras e invasões em toda a região. Furioso com o crime e a ladroeira, um tenente chamado Lucena, mais

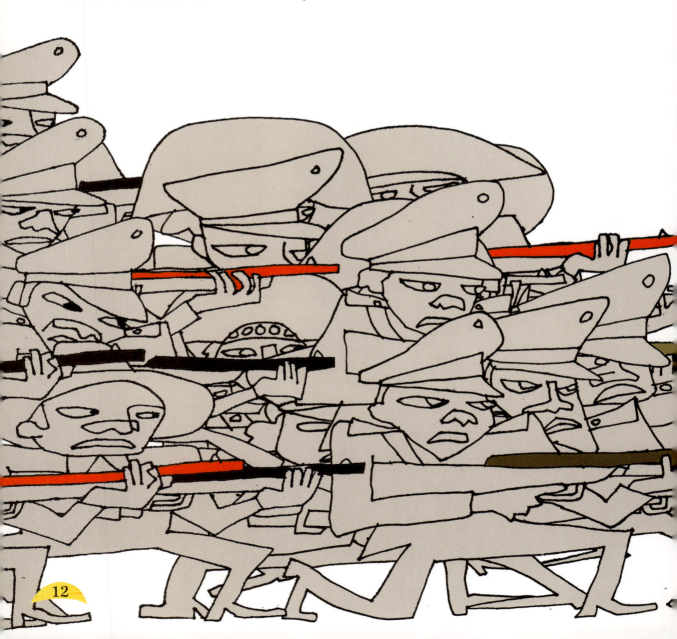

tarde promovido a coronel, saiu com uma patrulha à caça dos cangaceiros. Sabendo que o pai de Lampião morava perto da pequena fazenda onde foram escondidos os objetos roubados, ele entrou na casa atirando para todos os lados. Nenhum morador escapou.

Com a morte do pai, o líder cangaceiro jurou vingança segundo o código sertanejo do "olho por olho, dente por dente". Era a lei do cangaço que começava.

Lampião vivia no meio da caatinga, cercado de muito xiquexique e mandacaru. Fartura ali, só de pobreza. Sempre se escondendo, longe das cidades, ele evitava pernoitar no mesmo lugar, convivendo dia e noite com o solo esturricado pelo calor e com a lua puxando pela viola e pela sanfona, até a madrugada. Se chovia, o mundo ficava barrento, de uma cor só. Com o rosto e o apelido nos cartazes de "Procurados pela Polícia", passou de menino para homem, até morrer sem eira nem beira, fugindo, quando não dava para enfrentar a fuzilaria doida.

Temido por todos, amigos e inimigos, raramente sorria. Confiando apenas na própria valentia, sem receio de nada nem de ninguém, parecia sempre zangado, que nem chuva de ventania. Mancava de uma perna porque, atingido no pé em combate, ficou o aleijão da ferida mal-curada. O apelido de Lampião ele ganhou por causa da luz que acendia quando atirava com a arma de fogo. Não só o brilho, mas até o barulho era diferente, pois amarrava um pano no gatilho. Por isso, ele dizia que usava a carabina como um instrumento musical.

E costumava recitar:

"Meu rifle atira cantando,
em compasso assustador.
Faz gosto brigar comigo,
porque sou bom cantador.
Enquanto meu rifle canta,
minha voz longe se espalha,
zombando do próprio horror!"

Seus companheiros de batalha tinham nomes divertidos – Corisco, o Diabo Loiro; Sabonete, que era o seu secretário; Juriti, o guarda-costas; e ainda Gorgulho, Elétrico, Cacheado, Jacaré, Severo, Barra Nova, Colchete, Chumbinho, Cobra Verde, Passarinho e Pitombeira. Para amansar a turma, um cachorro chamado Ligeirinho, que abanava o rabo o tempo todo e latia sem parar.

Diziam que, quando a bala batia nele, amassava, e o punhal envergava e não rasgava.

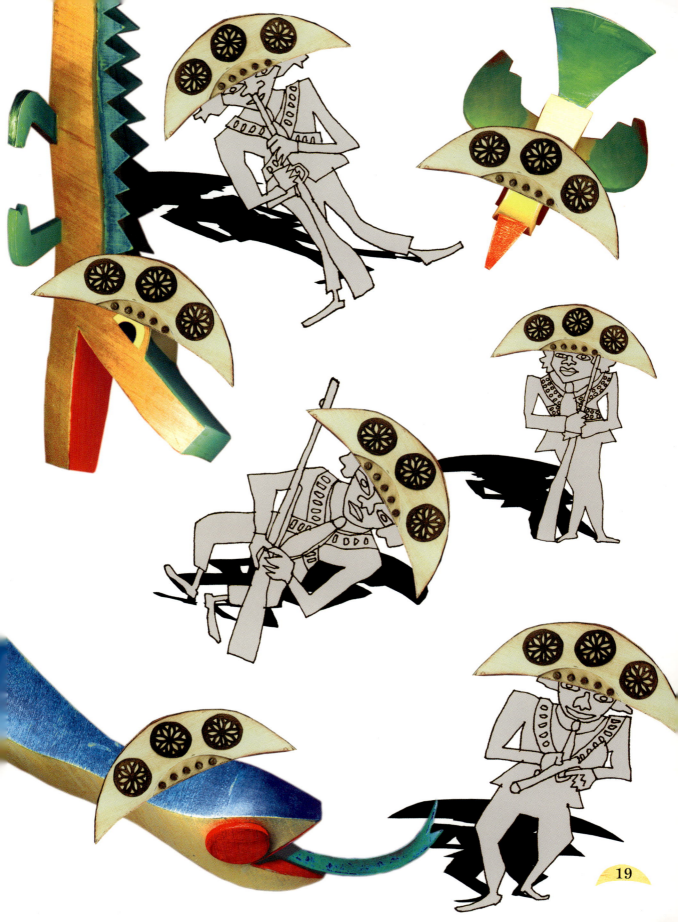

Com Maria Bonita foi amor à primeira vista. Ela, que gostava dos prazeres da vida, um dia ficou triste. Também, pudera! Tinha sido ferida em Serrinha do Catimbau, pertinho de Garanhuns, em Pernambuco; sentia-se cansada de tanto fugir... Preocupado, Lampião deitou-se no seu colo e, fazendo cafuné em seus cabelos cacheados, beijou suas mãos; com muito carinho, foi puxando para fora a tristeza da amada, que logo se reanimou. Mesmo assim, antes de voltar à guerra, Virgulino preferiu esperar mais alguns dias, para que Maria Bonita acalmasse a aflição.

Coisas que nunca lhe faltaram foram coragem e amor. Seu coração duro de cangaceiro não o impediu de amar de verdade aquela moça bonita, que largou vida farta e marido rico por sua paixão pelo bandido. Ela sabia bordar como ninguém. Em sua homenagem, o sedutor Lampião compôs uma música, que se incorporou ao repertório popular:

"OLÊ, MULÉ RENDERA,
OLÊ, MULÉ RENDÁ'...
TU ME ENSINA A FAZER RENDA
QUE EU TE ENSINO A NAMORÁ."

Apesar da vida curta e violenta, conseguiu ser galã de cinema, repentista, poeta, sanfoneiro e, quando preciso, dentista! Naquele cafundó perdido no agreste não existia médico nem quem cuidasse dos dentes – os poucos que sobravam àquela gente sem trato nem instrução, que tinha a dor por companheira e o parabélum na mão.

Acostumado aos caprichos da maldade, Lampião virou um bandido famoso. Detestava injustiça, pobreza e fome. Vestia-se como homem rico; usava lenço amarrado no pescoço, muito couro, prata e borracha. O traje, que virou moda, era de brim bem grosso, com ponto corrido e desenhos de flores coloridas. Ele e Maria Bonita adoravam brincar, embaralhando as linhas para tecer bordados. Dessa relação e da tecelagem nasceu uma filha, de nome Expedita.

Não escapou nenhum lugarejo do Brasil nordestino que aquele homem de alma ferina não conhecesse ou não fosse conhecido. Arregaçava as mangas, andava sem se cansar, e suas aventuras corriam como vento.

– Vamos, meu bando! Está na hora de acirrar fogo, rebuliçar o Sertão.

Suas palavras eram ordens.

Exímio cavaleiro, com sua tropa montada em burros, passou por Areias Gordas, Pilão sem Boca, Ribeiras da Cazumba, deixou Várzea das Poldras, revirou Brechas da Gata, dormiu na Boca da Gia. Caminhou até se acercar de Tábua Lascada, remexendo tudo o que via.

Às vezes, ficava dois a três meses acampado em algum lugar protegido, que chamavam de "coito", com a máquina de costura na bagagem para sossegar o coração. Sua Maria, boniteza do diabo, sempre ao seu lado. Também sem medo de nada. Atirava como homem, não fugia da refrega, mas era carinhosa quando o coração pedia.

Como se poderia prever, a morte chegou cedo para os dois, em 1938. Para os coronéis, tarde demais. Cortaram-lhes as cabeças, que expuseram como troféus. O pavor no Sertão acabou, mas a alma do cangaço ainda vaga pelas caatingas, na memória do povo, que ainda luta para não morrer da mesma fome e da mesma sede.

Aqueles que acreditam em assombração dizem que, nas noites de lua alta, uma voz de lamento percorre o Sertão em busca de Maria, a Bonita. Acredita-se que o choro é de Virgulino Ferreira, vulgo Lampião. O homem que vestia chapéu de couro, cantava, dançava, brilhando o olho caolho na mira do fuzil ou no olhar da amada.

LUCIANA SAVAGET

Essa aí de óculos de gatinho sou eu, **Luciana**, quando criança. Apresento para vocês parte da minha família. A minha mãe Edna, de quem eu herdei o gosto pela leitura e pela escrita. Por causa dela escolhi ser jornalista e também escritora. Meu pai Leopoldo é arquiteto, me ensinou a sonhar e é de quem eu herdei a mania de falar sem parar. Andréa, a minha irmã, é muito parecida comigo. Adoro contar histórias, já contei muitas por aí. Publiquei vários livros, entre eles: *Japuaçu e a estrela do fogo* e *Gravata sim, estrela não*, editados pela DCL, para crianças e adultos, inclusive fora do Brasil. Trabalho para gente grande na televisão e ganhei, para meu orgulho, alguns prêmios. Mas sabe qual é o maior deles? Ter na ascendência pessoas tão especiais.

Para saber mais sobre mim, visite o meu site: www.lucianasavaget.com

GILBERTO MIADAIRA

Sou **Gilberto Miadaira**. Fazer as ilustrações para este livro foi uma viagem, misturei desenho com escultura. Para todos os efeitos, defeitos e qualidades, aqui estão as minhas imagens, feitas com muito carinho. É uma ideia, entre tantas, sobre Lampião, como tantas são as ideias dos leitores sobre autor e ilustrador. Além de ilustrar livros, desenho semanalmente para uma revista e desenvolvo outros projetos. Já ilustrei livros didáticos e paradidáticos. Sou arquiteto formado, mas artista plástico na prática cotidiana.